For Anna
M.W.

For Sebastian,
David & Candlewick
H.O.

Published by arrangement with Walker Books Ltd, London

Dual language edition first published 2006
by Mantra Lingua
Global House, 303 Ballards Lane, London N12 8NP
http://www.mantralingua.com

Text copyright © 1991 Martin Waddell
Illustrations copyright © 1991 Helen Oxenbury
Dual language copyright © 2006 Mantra Lingua
French translation by Annie Arnold

Le Canard Fermier
FARMER DUCK

written by
MARTIN WADDELL

illustrated by
HELEN OXENBURY

mantra lingua

Il était une fois un canard qui avait le malheur
d'habiter avec un vieux fermier paresseux.
Le canard faisait le travail. Le fermier restait
toute la journée au lit.

There once was a duck who had the bad luck
to live with a lazy old farmer.
The duck did the work.
The farmer stayed
all day in bed.

Le canard allait chercher la vache dans le champ.
« Comment va le travail ? » appelait le fermier.
Le canard répondait,
« Coin ! »

The duck fetched the cow from the field.
"How goes the work?"
called the farmer.
The duck answered,
"Quack!"

Le canard ramenait les moutons de la colline.
« Comment va le travail ? » appelait le fermier.
Le canard répondait,
« Coin ! »

The duck brought the sheep from the hill.
"How goes the work?" called the farmer.
The duck answered,
"Quack!"

Le canard mettait les poules dans leur maison.
« Comment va le travail ? » appelait le fermier.
Le canard répondait,
« Coin ! »

The duck put the hens in their house.
"How goes the work?"
called the farmer.
The duck answered,
"Quack!"

Le fermier grossissait en restant au lit et le pauvre canard en avait assez de travailler toute la journée.

The farmer got fat through staying in bed
and the poor duck got fed up
with working all day.

« Comment va le travail ? »
« COIN ! »

"How goes the work?"
"QUACK!"

« Comment va le travail ? »
« COIN ! »

"How goes the work?"
"QUACK!"

« Comment va le travail ? »
« COIN ! »

"How goes the work?"
"QUACK!"

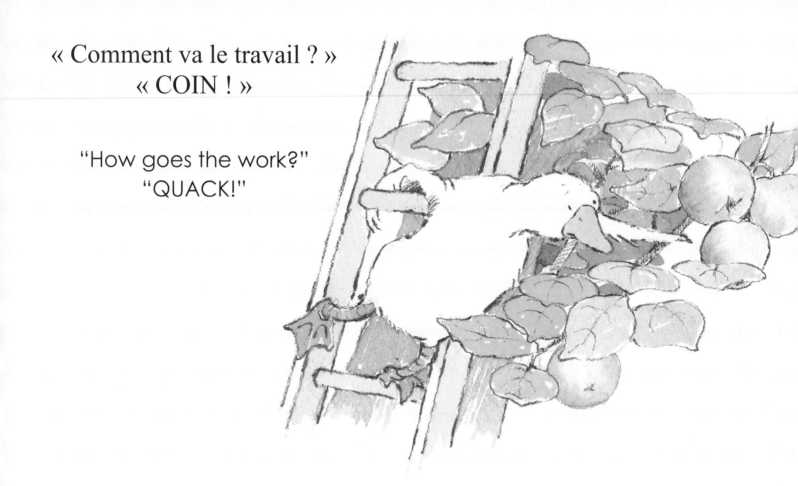

« Comment va le travail ? »
« COIN ! »

"How goes the work?"
"QUACK!"

Le pauvre canard avait sommeil
et envie de pleurer et était fatigué.

The poor duck was sleepy
and weepy
and tired.

Les poules et la vache et les moutons étaient
très contrariés.
Ils aimaient beaucoup le canard. Alors ils
ont tenu une assemblée sous la lune et ils
ont dressé un plan pour le matin.

« MEUH ! » dit la vache.
« BÊÊ ! » dirent les moutons.
« COT COT ! » dirent les poules.
Et C'ETAIT le plan.

The hens and the cow
and the sheep got very
upset.
They loved the duck.
So they held a meeting
under the moon and
they made a plan
for the morning.

"MOO!" said the cow.
"BAA!" said the sheep.
"CLUCK!" said the hens.
And THAT was the plan!

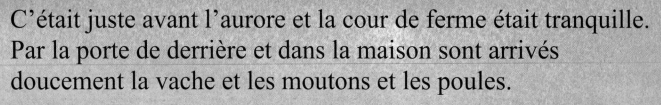

C'était juste avant l'aurore et la cour de ferme était tranquille.
Par la porte de derrière et dans la maison sont arrivés
doucement la vache et les moutons et les poules.

It was just before dawn and the farmyard was still.
Through the back door and into the house
crept the cow and the sheep and the hens.

Ils traversèrent le hall.
Ils montèrent les
escaliers grinçants.

They stole down the hall.
They creaked
up the stairs.

Ils se glissèrent sous le lit du fermier et
gigotèrent. Le lit commença à bouger
et le fermier se réveilla et il appela,
« Comment va le travail ? »
et …

They squeezed under the bed of
the farmer and wriggled about.
The bed started to rock and the
farmer woke up, and he called,
"How goes the work?"
and…

« MEUH ! »
« BÊÊ ! »
« COT COT ! »

"MOO!"
"BAA!"
"CLUCK!"

Ils soulevèrent son lit et il commença à crier,
et ils tapèrent et firent bondir et rebondir
le vieux fermier, hors du lit …

They lifted his bed and he started to shout, and they banged
and they bounced the old farmer about and about and about,
right out of the bed…

et il s'envola avec la vache et les moutons et les poules
qui meuglait, bêlaient et gloussaient autour de lui.

and he fled with the cow and the sheep and the hens
mooing and baaing and clucking around him.

Descendant le chemin …
« Meuh ! »

Down the lane...
"Moo!"

à travers les champs …
« Bêê ! »

through the fields...
"Baa!"

par dessus la colline …
« Cot Cot ! »

over the hill…
"Cluck!"

et il n'est jamais revenu.

and he never came back.

Le canard se réveilla et se
dandina avec lassitude dans
la cour s'attendant à entendre,
« Comment va le travail ? »
Mais personne ne parla !

The duck awoke and waddled wearily into the yard expecting
to hear, "How goes the work?"
But nobody spoke!

Puis la vache et les moutons et les poules sont revenus.

« Coin ? » demanda le canard.

« Meuh ! » dit la vache.

« Bêê ! » dirent les moutons.

« Cot Cot ! » dirent les poules.

Ce qui raconta toute l'histoire au canard.

Then the cow and the sheep and the hens came back.

"Quack?" asked the duck.

"Moo!" said the cow.

"Baa!" said the sheep.

"Cluck!" said the hens.

Which told the duck
the whole story.

Alors meuglant et bêlant et gloussant et caquetant, ils se mirent tous à travailler dans leur ferme.

Then mooing and baaing and clucking and quacking they all set to work on their farm.

Here are some other bestselling dual language

books from Mantra Lingua

for you to enjoy.